COLLECTION FOLIO

Thierry Jonquet

La folle aventure des Bleus...

suivi de

DRH

Gallimard

« La folle aventure des Bleus… » est une nouvelle parue dans *Le Monde* durant l'été 2002.
« DRH » est une nouvelle adaptée d'une dramatique radiophonique diffusée par France-Culture au mois de novembre 2002.

Né le 19 janvier 1954 à Paris, Thierry Jonquet a une enfance marquée par le cinéma. Il fait ses études secondaires au lycée Charlemagne à Paris, puis étudie la philosophie à l'université de Créteil et plus tard l'ergothérapie. Il travaille ainsi en gériatrie. Devant le spectacle de la mort omniprésente, il commence à écrire pour raconter l'horreur et pour rendre hommage à un pensionnaire avec qui il s'était lié d'amitié. Lassé de l'environnement hospitalier, il brigue un poste d'instituteur. Il se voit affecté à un centre de neuropsychiatrie infantile. Puis il est expédié par l'Éducation nationale dans les cités de la banlieue nord-parisienne où il a en charge une classe de section d'éducation spécialisée. Tous ces métiers l'ont mis en contact avec les « éclopés de la vie ». Lorsque Thierry Jonquet découvre assez tardivement les romans de la Série Noire, il peut faire le lien entre la violence du réel et la violence littéraire. Si les romans sont de pures fictions où il réinvente la réalité, il puise dans les faits divers, en revendiquant une totale liberté. Son roman *Moloch* lui a ainsi valu un procès. Bien que ses romans mettent en scène une société malade qui engendre la violence, la haine, le désir de vengeance, Thierry Jonquet refuse de porter l'étiquette d'auteur engagé. Même s'il ne cache pas qu'il est un homme de gauche, ses convictions ne s'expriment que très discrètement dans son œuvre. Thierry Jonquet mène de front deux activités distinctes — celle de scénariste et celle de romancier. Les personnages de son roman *Les orpailleurs* ont donné naissance à une série télévisée, *Boulevard du Palais.*

Il est aujourd'hui reconnu comme l'un des grands auteurs de romans noirs et ses livres sont autant de merveilles de construction, d'angoisse et d'intelligence narrative.

Découvrez, lisez ou relisez les livres de Thierry Jonquet :

LA BÊTE ET LA BELLE (Folio Policier n° 106)
LE MANOIR DES IMMORTELLES (Folio Policier n° 287)
MÉMOIRE EN CAGE (Folio Policier n° 119)
MOLOCH (Folio Policier n° 212)
MYGALE (Folio Policier n° 52)
LES ORPAILLEURS (Folio Policier n° 2)
LE SECRET DU RABBIN (Folio Policier n° 199)
LA VIE DE MA MÈRE ! (Folio n° 3585)
ROUGE C'EST LA VIE (Points Seuil n° 633)
AD VITAM AETERNAM (Points Seuil n° 1082)

La folle aventure des Bleus...

Quatre ans. Oui, quatre années pleines, quasiment jour pour jour, s'étaient écoulées. Soit mille quatre cent soixante jours. Adrien les avait comptés, patiemment, un à un, dans l'espoir de voir une lueur apparaître, là-bas, tout au bout du tunnel où s'était engouffrée sa vie. En vain. Aucune éclaircie, bien au contraire. Tout allait de pis en pis, c'était la foirade totale, la panade intégrale. Quatre ans, pile-poil. Et pourtant, il tentait de garder le moral. Facile à dire. Dans les premiers temps, ses indemnités de chômage lui avaient tout juste permis de surnager. Son loyer, les hamburgers avalés midi et soir au Quick, les deux paquets de Gitanes achetés tous les matins, une chemise neuve par-ci, une nouvelle paire de chaussures par-là — avec les slips et les chaussettes, il pouvait tricher, ça ne se voit pas trop —, bref, les billets filaient vite. Puis le couperet dénommé « fin de droits » était tombé. Tchac. Effilée, la lame. Elle ne laissait rien dépasser. Adrien l'avait bien entendue siffler, juste derrière ses oreilles. Restait le RMI.

Et comme si ça ne suffisait pas, la dette contractée envers le Gros Serge, qui grevait sacrément son budget. Mille balles par mois, enfin, cent cinquante euros, pas la peine de louvoyer avec les conversions, ça revenait au même. Plus possible de se payer une chambre d'hôtel, dans ces conditions... Là, Adrien avait vraiment déconné. Quand on est dans le débine, on rase les murs, profil bas, les yeux rivés sur ses chaussures. Par pure sagesse. Mais non, Adrien avait vu grand, comme dans les films. Une petite partie de poker pour se remettre en selle ? Banco ! Il avait craqué, six mois plus tôt. Tout son RMI sur la table, entre les bouteilles de pastis, les cendriers emplis de mégots, les copains qui écarquillaient les yeux, effarés par la mise, et le Gros Serge, sûr de son coup, qui battait les cartes et n'en finissait plus d'aligner les fulls, les brelans, les carrés d'as. Le Gros Serge était très respecté. Il tenait un stand de surplus américains dans les puces et prélevait sa dîme sur bien des combines qui se tramaient dans le secteur... Adrien avait supplié la chance, coûte que coûte, sollicitant prêt sur prêt au fil de la partie, dans l'espoir de se refaire. Magnanime, le Gros Serge l'avait jouée grand seigneur. Crédit à volonté. Vers 4 heures du mat', vaincu, effrayé par le montant de sa dette, Adrien avait jeté l'éponge.

Dix mille francs à rembourser. À remettre mille par mille, le premier jeudi de chaque mois, au comptoir du Soleil de Djerba, un bistrot de la porte de Montreuil où le Gros Serge avait ses habitudes et dans l'arrière-salle duquel s'était déroulée la fatidique partie de cartes. Insolvable, Adrien avait dû se résigner à ce gentleman agreement. Évidemment, il aurait pu prendre le large, aller tenter la chance sous d'autres cieux, filer droit vers le sud, puisqu'il est communément admis que la misère est moins pénible au soleil, et le Gros Serge, tout caïd qu'il était, aurait pu se brosser pour retrouver sa trace. Mais non, Adrien était resté. La porte de Montreuil, c'était toute sa mémoire. Son biotope. Il y avait toujours vécu et avait fini par s'y agripper, telle la bernique à son anfractuosité de roche. Le Soleil de Djerba, ce troquet sinistre, il l'avait connu depuis son enfance. Il s'était d'abord appelé Chez Nénesse, puis Chez Fanny, puis le Bar des Amis, au gré des différents propriétaires... Tous les matins, il s'y rendait pour avaler un petit noir arrosé de cognac sur le zinc avant de commencer une journée de galère, à courir derrière la moindre pièce. Le week-end, il donnait un coup de main aux commerçants forains qui montaient leurs stands dans les allées des puces, les aidait à charger et décharger la camelote des camions ; ça permettait de voir venir. Le reste de la semaine, c'était plus sombre.

Le métro. Adrien montait dans les wagons, au petit bonheur la chance, sur la ligne Pont-de-Sèvres-Montreuil, ou Châtelet-Lilas, et s'adressait aux voyageurs : « Madame, Mademoiselle, Monsieur, un petit moment de poésie », hurlait-il en torturant ses cordes vocales pour couvrir le vacarme ambiant.

Et de déclamer : « Mignonne, allons voir si la rose, qui ce matin avait éclose… », ou encore : « Vienne la nuit, sonne l'heure, les jours s'en vont, je demeure… », les voyageurs subissaient, les oreilles meurtries, et finissaient de guerre lasse par mettre la main à la poche. Pour le voir déguerpir au plus vite et ne plus l'entendre vociférer à propos du pont Mirabeau.

Il dormait à droite, à gauche, parfois dans une baraque de chantier dont il forçait la porte, dans le hall d'un immeuble dont un copain lui confiait le numéro de Digicode contre quelques euros, voire sur une grille d'aération du métro quand il n'y avait plus d'autre solution. Le coup de Mignonne-allons-voir-si-la-rose, il l'avait tiré d'un manuel scolaire, abandonné un dimanche soir sur un trottoir des puces ; ça lui avait rappelé de vieux souvenirs, de sa vie d'avant, sa fille aînée à qui on avait donné ce texte à apprendre par cœur durant son année de cinquième. De fil en aiguille, il s'était forgé une petite culture poétique, qui séduisait vaille que vaille certains voyageurs avisés, profs ou instits, condamnés à séjourner dans les wagons de la RATP le temps d'un aller-retour jusqu'au lieu où ils exerçaient leur sacerdoce, ce qui permettait de nouer une vague connivence, de trier parmi le public, au lieu de lui servir un baratin anonyme, comme les collègues, qui n'avaient rien d'autre à dire sinon qu'ils voulaient rester propres, et merci-m'sieurs-dames. Adrien se distinguait ainsi de la meute des traîne-misère en adressant un clin d'œil culturel à une clientèle triée sur le volet.

*

Quatre ans. Pile-poil. Oui, quatre années pleines, quasiment jour pour jour, s'étaient écoulées. Soit mille quatre cent soixante jours d'une lente mais inexorable descente aux enfers. Quatre ans plus tôt, Adrien était encore dans le circuit, boulot, fiche de paie, livret à la Caisse d'Épargne, studio, il pouvait même s'offrir une semaine de vacances dans un camping de la baie de Somme, durant la première quinzaine du mois d'août. Ce n'était certes pas Byzance, mais, en jetant un coup d'œil dans le rétroviseur, après coup, ça ressemblait tout de même un petit peu au bonheur, malgré tout. On peut toujours pavoiser, ou au contraire se lamenter, récriminer contre son tort, tout est affaire de dosage, de progression ascendante ou descendante sur une sorte d'échelle de Richter du destin…

Quatre ans. La victoire des Bleus au Stade de France, contre l'équipe du Brésil, en 98. Ah, les buts de Zidane, la liesse dans les gradins — et un et deux, et trois-zéro ! — braillés à tue-tête, Adrien en était, avec tous les potes de la porte de Montreuil, et ensuite la fiesta sur les Champs-Élysées, l'allégresse, les canettes de Kronenbourg qui circulaient de main en main — et un ! et deux ! et trois-zéro ! Et au retour du week-end du 14-Juillet, patatras, penalty plus que sévère dans la destinée professionnelle d'Adrien, la petite entreprise de métallurgie où il exerçait ses talents de magasinier avait déposé le bilan, à la suite de la décision des actionnaires du groupe dont elle n'était qu'un minuscule appendice sous-traitant. Une poignée de bureaucrates, embusqués dans un hôtel de Seattle ou d'Atlanta et chargés de gérer les fonds de pension des retraités du Minnesota ou de la Caroline du Sud, en avaient décidé ainsi. La boîte insignifiante qui permettait à Adrien de surnager avec un minimum de dignité dans l'océan tourmenté de l'économie mondiale s'était vue rayée d'un seul coup de crayon, ou plutôt d'une seule poussée de l'index sur un clavier d'ordinateur, éjectée d'un organigramme dont Adrien ne s'était jamais donné la peine d'imaginer la complexité, avec ses ramifications labyrinthiques, ses bifurcations hasardeuses d'un continent à l'autre, ses connexions absconses.

Le résultat ne faisait aucun doute. Et un, et deux, et trois zéros, et dix et cinquante, il y en eut à foison, des zéros, qui s'alignèrent sur ses relevés de CCP. Zéro pour le loyer de son studio en retard. Zéro pour les traites de la voiture, une modeste Clio achetée d'occasion. Zéro pour la pension alimentaire qu'il devait à sa femme et à ses deux filles, perdues de vue depuis belle lurette, mais qui réclamaient toujours la becquée par voie d'huissier. Adrien n'en pouvait plus d'encaisser les buts, comme un goal qui aurait perdu tous ses moyens et devrait assumer défaite sur défaite, alors que les joueurs adverses ne respectaient plus aucune des règles du jeu.

La dégringolade avait été sévère. Adrien ne se souvenait plus des multiples péripéties qui l'avaient ponctuée, des désillusions qui s'étaient abattues sur sa pauvre carcasse, et, quand il tentait, sans trop insister, de récapituler les épisodes de sa chute, il ne parvenait même pas à établir une chronologie précise, rigoureuse. Il y avait un avant, et un présent, indistinct, très flou. L'avenir n'était plus de rigueur, le futur ne se conjuguait plus que d'heure en heure, au gré des pirouettes qu'il lui fallait effectuer pour glaner sa pitance. Il ressentait parfois une sensation de vertige, comme si sa vie tournoyait, aspirée vers la bonde d'un gigantesque lavabo, et n'en finissait plus d'effectuer des tours, et encore des tours. Il se bouchait les oreilles pour ne pas entendre les bruits de succion du siphon qui l'invitait à se laisser emporter par le tourbillon. Quelque part en dessous, dans des tuyaux obscurs, des canalisations insondables, une gueule grande ouverte s'apprêtait à l'avaler tout cru. D'un seul coup d'un seul. C'était un cauchemar qui revenait en boucle, toutes les nuits. Et tous les matins, dès qu'il ouvrait l'œil, comme par miracle, la bonde se refermait avec un petit « plop » narquois, laissant Adrien exsangue, las de s'agiter dans les remous, épuisé mais sauf.

*

De sa vie passée, il ne lui restait plus rien. Un sac avec quelques vêtements et une carte d'identité encore vaguement présentable qui prouvait pourtant qu'il était toujours le même homme, en dépit des apparences. Plus rien ? Non, pas vraiment. Il avait soigneusement préservé l'album photos de son club de supporters, témoin de tant de joies, d'émotions partagées avec les copains. Quelques trésors, dont un portrait dédicacé de Fabien Barthez. Et puis le livre de Thierry Rolland, *Tout à fait, Thierry !*, avec un petit mot affectueux de la main de l'auteur... Les soirs de grande déprime, quand les ballons de rouge avalés à la file au comptoir du Soleil de

Djerba ne parvenaient plus à endiguer sa peine, Adrien feuilletait l'album, après avoir pris soin de se laver les mains pour ne pas en tacher les pages.

*

Et voici que le temps des réjouissances était revenu. L'équipe des Bleus était partie pour la Corée, en grande pompe et chaussures à crampons. Adrien pressurait son maigre budget pour acheter *L'Équipe* tous les matins, afin de suivre le périple de ses héros. Rien à redire, ils avaient été correctement reçus à Ibusiki, au Japon, histoire de s'accoutumer au climat, de se remettre du décalage horaire, avant le match contre la Corée. Adrien était bien d'accord, il ne faut pas rigoler avec ces histoires-là, il le savait bien. Rien qu'à la porte de Montreuil, d'un jour à l'autre, avec la météo de merde qui sévissait depuis trois semaines sur la région parisienne et a fortiori sur le microclimat de la porte de Montreuil, il essuyait des différentiels de température de 7-8 degrés centigrades, parfois jusqu'à 12, et ça le faisait tousser, alors un saut d'un continent à l'autre, pas la peine de faire un dessin, ça pouvait vite tourner au vinaigre pour l'équipe de France. L'hôtel dans lequel Desailly et toute la troupe avaient été hébergés était plus que correct, ce qui était bien le moins pour des hôtes de cette qualité. La famille Iwasaki, propriétaire du palace, avait bien fait les choses. Tapis rouge, Messieurs les Bleus ! D'ailleurs, le grand golfeur Tiger Woods avait séjourné dans le même hôtel quelque temps auparavant, ce qui prouvait bien que, chez les Iwasaki, on ne chipotait pas. C'étaient des gens bien élevés, ces Nippons. Pas des gagne-petit. Ils avaient du savoir-vivre. Du panache. Et puis, la FFF, de son côté, n'avait pas lésiné sur les moyens. Les épouses des joueurs étaient du voyage, elles aussi. Djorkaeff, Desailly, Lebœuf, Ramé, Thuram, Trezeguet, Lizarazu et toute la bande ne se sentiraient pas seuls. Ces dames bénéficieraient d'un programme touristique tout à fait passionnant avec visite du palais royal de Séoul, farniente sur la plage de Busan, et journées shopping dans les plus beaux centres commerciaux de la capitale sud-coréenne. Tout s'annonçait donc pour le mieux. Ce qui le chagrinait, Adrien, c'était l'entraîneur, Lemerre. Un brave gars, sans doute, mais qui n'arrivait pas à la cheville d'Aimé Jacquet. Un peu bonasse, pour tout dire. Pas de la trempe d'un meneur d'hommes, ça se voyait du premier coup d'œil. Du temps de Mémé, pas de doute, c'était une autre paire de manches. Enfin, c'était son humble avis, à lui, Adrien, un truc totalement subjectif, un type, on le sent, ou pas, c'est selon, c'est intuitif, la preuve, Adrien avait fait confiance au Gros Serge, et total, aujourd'hui, il était dans la débine. Et pourtant, elle avait de la gueule, l'équipe des Bleus. Elle repartait à l'aventure, à la conquête du monde, de la Coupe du monde. Quand il avait récolté quelques pièces après avoir déclamé ses poèmes dans les rames du métro, entre Place-des-Fêtes et Rambuteau, Adrien s'accordait quelques instants de repos sur un quai de station, et ouvrait *France Football*, histoire d'étudier le dispositif d'attaque. Zizou incontournable. Zizou le Conquistador, le patron technique qui arrivait au Mondial en pleine confiance, et surtout, en pleine forme physique après une finale de la Ligue qui l'avait consacré roi d'Europe avec le Real Madrid... Et Dugarry ? Un parcours agité, des coups du sort répétés, et puis aussi quelques clins d'œil du destin qui avaient façonné l'image de l'attaquant bordelais ! Adrien était incollable à propos de Dugarry. Idem s'agissant de Lizarazu, clair dans ses choix, exemplaire dans son métier, le défenseur du Bayern Munich n'avait pas musardé en chemin. Son objectif, depuis le début, c'était à 100 % le haut niveau, les titres, les Coupes...

*

Adrien usait donc les nerfs des passagers du métro avec ses déclamations approximatives et tonitruantes des poèmes de Ronsard et d'Apollinaire, quand, soudain, quelques jours avant le match France-Corée, il croisa dans les couloirs de la station République un vieux copain de la débine, habitué de la porte de Montreuil et du zinc du Soleil de Djerba : Rajko, d'origine serbe, quoique, c'était très difficile à déterminer, un de ces lascars dont la nationalité était à géométrie variable, ce qui, dans son cas, était facilement explicable, tant les frontières, de guerre en guerre, s'amusaient à musarder de latitude en longitude. Rajko, c'était le roi de la combine. Le foot, il s'en tapait. Il avait perdu une jambe, sectionnée net au niveau du genou lors d'une embuscade du côté de Vukovar, mais d'après certains habitués du Soleil de Djerba, ça, c'était la version officielle... On racontait à voix basse, après avoir pris soin de vérifier que nulle oreille indiscrète ne traînait dans les parages, que cette histoire de guibolle évaporée, c'était une vengeance de mari jaloux qui lui avait tiré dessus à la chevrotine, mais surtout qu'en sus de la jambe, Rajko avait perdu un autre appendice, bien plus précieux pour continuer d'affirmer sa virilité, mais bon, personne n'osait aller y voir de plus près, tant l'intéressé se montrait hargneux dès qu'on abordait la question. D'après certains, qui tenaient à garder l'anonymat, Rajko n'avait jamais mis les pieds — et encore moins celui qui lui restait — à Vukovar. À les entendre, il était natif des Saintes-Maries-de-la-Mer et appartenait à une tribu de Gitans qui avait quelques liens de parenté, en effet, avec des cousins de l'ex-Yougoslavie, mais bon, pas plus. La question titillait le Gros Serge. Mina, une brave fille qui faisait la plonge au Soleil de Djerba, et à qui il refila quelques billets afin de mener les investigations, déclara forfait. Elle n'avait pourtant pas froid aux yeux, ni même ailleurs, mais, dès les premières manœuvres d'approche, elle renonça, morte de trouille. Séduit par son regard de velours, émoustillé, Rajko se proposait de lui faire l'amour de bien des façons, avec bien des ustensiles, d'un ton très convaincu. Le mystère qui entourait le passé de Rajko fut classé confidentiel-défense dans la petite communauté qui fréquentait le Soleil de Djerba.

Quoi qu'il en soit, Rajko était au courant des dettes d'Adrien envers le Gros Serge, et compatissait. Il avait lui-même assisté à la partie de poker lors de laquelle Adrien s'était fait plumer. Sans pour autant user de son autorité — respectée de tous — pour y mettre le holà tant qu'il en était encore temps.

— J'ai un truc à te proposer, annonça-t-il donc à Adrien, d'un ton de conspirateur aguerri. Si tu me files un coup de main, le Gros Serge, tu le niques facile ! Non seulement tu le rembourses, mais tu le défies pour une autre partie, et là, le putain de sa race, il est cuit ! Je parie sur tes chances, je suis prêt à miser gros...

Adrien hésitait. Rajko avait repéré un chantier du côté de la porte de Saint-Ouen, des bourges qui retapaient une vieille bicoque. Ils y entreposaient tout un matos impressionnant, et du dernier cri : perceuses, ponceuses, dégauchisseuses pour les poutres de plafond ou les lattes de parquet, agrafeuses et autres trésors qu'on pouvait embarquer en un rien de temps dans une camionnette et négocier en douce non pas aux puces de Montreuil mais bien à celles de Saint-Ouen, terre de seigneurs ! Un quart de tour sur le périph, et on jouait dans la cour des grands ! Adrien finit par dire oui. Rajko, handicapé par sa guibolle manquante et qui boitillait sur une prothèse approximative digne d'un film de pirates, ne pouvait escalader la palissade d'enceinte. Il fallait un complice en pleine forme pour basculer par-dessus l'enclos, cisailler les chaînes, bousiller les cadenas, et le tour était joué. Rajko se chargeait du reste. Et mieux encore, il aligna quelques billets de vingt euros pour s'assurer du concours d'Adrien, une promesse de participation aux bénéfices, en bonne et due forme. Adrien se voyait déjà débarquer au Soleil de Djerba, commander un cognac à la Mina, faire appeler le Gros Serge pour lui remettre le solde de sa dette et, royal, lui proposer une nouvelle partie de poke, devant les copains ébahis, admiratifs... et même que la Mina, il allait l'emmener au septième ciel vite fait bien fait, sans avoir recours aux ustensiles hasardeux dont Rajko avait évoqué l'usage. Après bien des années d'abstinence forcée, il se sentait d'attaque pour mener l'assaut avec sa quincaillerie personnelle, rien que du naturel, du produit bio, comme c'était la mode, à en croire les pubs qui s'étalaient sur les panneaux Decaux.

*

En dépit du plan minutieux préparé par Rajko, l'affaire ne se déroula pas exactement comme prévu. Peu après minuit, Adrien commença à escalader la palissade de tôle, mais, alors qu'il l'enjambait, il se déchira la cuisse droite sur son arête plus que tranchante. Les gants de chantier dont l'avait muni Rajko préservèrent la paume de ses mains, mais, au moment de basculer à l'intérieur du domaine interdit, Adrien perdit l'équilibre et se retrouva suspendu à califourchon, les chairs profondément entamées, du genou jusqu'à l'aine. Il serra les dents pour ne pas gueuler, et, d'un élan incertain, trouva la force de s'éjecter vers l'extérieur, in extremis. Il chuta à plat ventre dans la rue, au beau milieu d'une épaisse flaque de boue, le souffle court, tétanisé par la douleur, alors que Rajko prenait courageusement le large à bord d'un 4 × 4 poussif.

*

La suite... ? Ah ! La suite... Passons sur la patrouille de flics qui s'ingénia à pointer le bout de son nez dans les parages... Adrien se traîna de caniveau en caniveau pour échapper aux phares, rampant comme un poilu dans son boyau. Dieu sait comment il parvint à regagner, seul, les abords de la porte de Montreuil au petit matin. Quand il le vit débarquer, livide, titubant sous l'effort, à bout de souffle, le Gros Serge, qui venait d'installer son stand pour le week-end sur les puces, l'accueillit à bras ouverts. Il inspecta sa blessure. Vilaine. Très très vilaine. Une fois le pantalon cisaillé à coups de cutter, il fallait bien en convenir, les lambeaux de chair qui s'étiolaient sur la face interne de la cuisse n'inspiraient guère confiance. Apparemment l'hémorragie s'était tarie, preuve qu'aucune artère n'avait été atteinte.

— Faut rafistoler, décréta le Gros Serge, qui avait vu pire dans les Aurès, du temps de sa folle jeunesse. Et désinfecter.

Alcool à 90, épingles à nourrice, il fit avec les moyens du bord. Recousu tant bien que mal, Adrien se retrouva allongé sur un lit de camp, planqué derrière un filet de camouflage, tout au fond du hangar ! Finalement, on avait beau pinailler, médire, gloser sur les défauts des uns, des autres, à tout prendre, le Gros Serge était plutôt un type bien, comme quoi on peut se gourer, là-dessus, Adrien était prêt à en convenir. Faire appel à un médecin, un vrai ? Était-ce franchement raisonnable ? Il aurait fallu expliquer le comment du pourquoi, ou l'inverse, et, même en baratinant, l'affaire était loin d'être entendue. Le Gros Serge détenait tout un contingent de remèdes de cheval non disponibles à la pharmacie du coin de la rue, parmi lesquels de vieilles rations de sulfamides d'âge canonique, extirpées de ses stocks. Adrien bénéficia de ses soins attentifs. Sans barguigner, il avait narré sa mésaventure, détaillé l'attitude profondément inique de Rajko, ipso facto interdit de séjour dans le secteur. On pouvait compter sur le Gros Serge pour garantir la fatwa.

*

Le temps de la convalescence était venu. Enfiévré, cotonneux, Adrien se remettait, vaille que vaille. La Mina, affectueuse, venait lui faire avaler des bouillons de légumes. Il se requinquait. Dans de semblables épreuves, la dimension psychologique compte énormément. Des mains attentives lui firent parvenir son précieux album photo qui retraçait la folle aventure des Bleus depuis le Mondial de 98. Et un, et deux, et trois-zéro ! Et ce fut un nouveau crève-cœur ! Zidane blessé à la cuisse lors du match contre les Coréens ! Un claquage musculaire au quadriceps crural ! La poisse ! Zizou hors jeu ! Les Bleus allaient affronter l'équipe du Sénégal sans Zinedine, ZZ pour tous ses admirateurs. Le Gros Serge avait apporté les journaux, *Le Parisien* et *L'Équipe*. C'était sans appel.

— Tu comprends, haleta Adrien, d'une voix rauque, c'est comme un rêve qui se brise ! Zizou vainqueur d'un deuxième Mondial, ce serait l'aboutissement d'une histoire d'hommes, d'une génération qui a relevé un défi et qui s'y est tenue... une... une.

Il ne parvenait plus à trouver ses mots, les yeux embués de larmes, le souffle court.

— Allez, faut tenir le choc, mon gars, rétorqua le Gros Serge en lui tapotant l'épaule. Reste allongé, t'agite pas, faut que tu t'épargnes...

— Ouais, t'as raison, t'es vraiment sympa, Serge, acquiesça Adrien. Tu sais, mon RMI, c'est la semaine prochaine que je vais le toucher, je te rembourserai, y a pas de lézard...

— Tu parles si j'y pense, à ta dette, lança le Gros Serge, comme si c'était la question... on est entre potes !

Adrien, en confiance, demanda au Gros Serge une ultime faveur : lui procurer un poste de télé pour qu'il puisse assister au match contre les

Lions sénégalais. Il se faisait du mouron. Coly, Diouf, Diao et Diatta, c'était un gros morceau à avaler, pour les Bleus. Le lendemain, le Gros Serge rejoignit le blessé toujours allongé sur son lit de camp, au fond du hangar, derrière les piles de battle-dress, de masques à gaz, de rangers et de guêtres, de couvertures, de casques... Il portait un gros colis enveloppé de papier kraft. Un poste de télé. Il le raccorda à une prise électrique qui manifestait quelques signes de défaillance. Le Gros Serge malmena les fils, se prit un peu de jus dans les doigts, mais, au final, l'appareil fonctionna. Des zébrures firent leur apparition sur l'écran et, en moins d'une minute, l'image se stabilisa.

— C'est que noir et blanc, j'ai pas mieux... s'excusa le Gros Serge.

— Ça ira, ça ira... merci... écoute !

Le JT faisait sa « une » sur cette foutue blessure de Zidane à la cuisse.

« Genou et cuisse, points faibles des footballeurs ! annonça le présentateur. La rupture du ligament antérieur du genou et le claquage du quadriceps sont les lésions les plus fréquentes chez les adeptes du ballon rond. Que les fibres musculaires vous manquent, et tout est dépeuplé... La déchirure du muscle droit antérieur, l'un des composants du quadriceps, est un véritable fléau. La pratique du football impose des accélérations brusques qui sollicitent fortement des ensembles musculaires et articulaires complexes et fragiles... »

— C'est pas de bol, c'est pas de bol, gémit Adrien, recroquevillé en position fœtale dans son lit de camp.

— Tu sais c'qu'on dit, marmonna le Gros Serge, les Sénégalais, ils ont des sorciers avec eux... Alors des fois qu'ils auraient préparé un mauvais coup !

Adrien était d'un tempérament plutôt rationaliste. Ces salades de maraboutage, il n'y croyait absolument pas. Le Gros Serge n'en pensait pas moins. Tandis que se poursuivait le reportage sur les préparations des différentes équipes et leur vie quotidienne en Corée, il entreprit de changer le pansement de son protégé. Après avoir déroulé la bande Velpeau et ôté les bandes de gaze de ses doigts boudinés, il ne put retenir une grimace. La blessure suppurait et ses pourtours prenaient une teinte violacée.

— Te fais pas de mousse, Adrien, lança-t-il d'un ton jovial, t'as le service trois-pièces intact, c'est le principal ! C'est pas comme Rajko !

— Faut que les Bleus se reprennent, articula Adrien, mâchoires serrées, tandis que le Gros Serge aspergeait sa cuisse, du genou jusqu'à l'aine, d'alcool à 90. Tu comprends, l'absence de Zizou, ça va jouer sur leur mental... Déjà qu'ils ont la pression ! Le mental, dans une équipe, c'est 90 % du facteur de réussite !

Au fur et à mesure de sa tirade, Adrien s'était mis à hurler, comme pour conjurer la douleur. Le Gros Serge aspergea la plaie de poudre sulfamide, remit en place une nouvelle couche de compresses, et réenroula la bande Velpeau bien serrée. Adrien le remercia et épongea son front trempé de sueur d'un revers de manche.

— Faut pas dramatiser, non plus, reprit-il, Zizou c'est quand même un athlète de haut niveau, des mecs comme ça, ça récupère vite, sans compter que le staff médical qui accompagne l'équipe, c'est pas des branques, hein ?

— Ben ouais, faut garder confiance, acquiesça le Gros Serge, avant de s'éclipser.

Adrien s'occupa l'esprit à compulser son album photos, puis sombra lentement dans le sommeil.

*

Et le sinistre jour du 31 mai 2002 arriva. Adrien n'allait guère mieux, sa blessure le lançait, occasionnant fièvres, suées, frissons. Parfois la douleur s'apaisait durant quelques heures, mais c'était pour mieux rebondir. Il connut une accalmie miraculeuse à 13 h 30 GMT au moment même où les deux équipes se déployèrent sur le stade de Séoul. Adrien ne tenait plus en place sur son lit de camp. Diouf, Trezeguet, face à face, au centre du terrain, Fadiga,

Wiltord, Bouba Diop et Henry qui s'épiaient en diagonale, et c'était parti. Occasion ratée sur occasion ratée. De minute en minute, les Bleus ne parvenaient pas à échapper à l'étau africain. Jusqu'à l'instant fatidique, à la trentième minute de la première période, Djorkaeff perdant le ballon devant Daf, Lebœuf se faisant éliminer par Diouf... les yeux écarquillés de stupeur, Adrien vit Desailly et Petit en plein cafouillage, ne parvenant pas à dégager le ballon que Bouba Diop, pourtant à terre, expédia dans les buts français, malgré le savoir-faire de Barthez. C'en était à pleurer. La suite ? Un vague coup franc de Djorkaeff vers Sylva, une frappe de Wiltord que Henry faillit dévier. La douleur relança Adrien durant la mi-temps et s'éclipsa comme pour lui laisser savourer la seconde période. Zizou était absent, et ça crevait les yeux. Trezeguet reprenant de l'épaule un bon centre de Thuram à la 55e minute, Henry manquant sa tête sur un centre de Wiltord, Sylva jaillissant comme un diable pour intercepter une frappe de Djorkaeff...

Et tutti quanti. La défaite était consommée. Lorsqu'elle pénétra dans le hangar du Gros Serge, et se faufila parmi le bric-à-brac qui l'encombrait pour se glisser jusqu'à la couche de fortune où reposait Adrien, la belle Mina, qui lui apportait une gamelle emplie à ras bord de bouillon de légumes, ne put s'empêcher de grimacer. Il flottait dans le réduit une odeur étrange qu'il ne lui avait jamais été donné de renifler auparavant. Une odeur repoussante, qui prenait la gorge et soulevait le cœur. Elle dut consentir un effort, surmonter son dégoût pour s'agenouiller auprès du malade. Adrien la contempla d'un regard vitreux, absent. Il était pourtant encore lucide.

— Zizou va se remettre, parvint-il à articuler. Y a pas de doute, c'est la seule chance. Un claquage à la cuisse, c'est pas la mer à boire, pour un mec comme lui...

Mina avait saisi le premier chiffon venu et s'en était couvert le bas du visage. Ce qui n'empêchait pas les effluves pestilentiels de parvenir jusqu'à ses fosses nasales. Le teint d'Adrien avait viré au gris. Ses lèvres tremblaient spasmodiquement. Il s'était recroquevillé sous sa couverture, et continuait de parler, ou plutôt de déverser à voix ténue un flot de paroles qui n'avait plus rien de compréhensible. Folle d'inquiétude, Mina courut chercher le Gros Serge, agrippé au comptoir du Soleil de Djerba, et qui ne tarda pas à rappliquer. Dès qu'il eut rejoint son hangar, ses narines se mirent à frémir.

— Putain, c'est la poisse... murmura-t-il.

Il plongea une main dans une des poches de sa salopette et en extirpa un mouchoir qui avait beaucoup vécu. Il le plaqua contre son nez, se pinça vigoureusement les narines et s'approcha du lit de camp. Sans ménagement, il dégagea la couverture, trancha à coups de cutter dans le pansement, réduisit en charpie la bande Velpeau, éparpilla les compresses.

— La poisse... répéta-t-il en examinant la cuisse d'Adrien.

D'un doigt prudent, il parcourut les pourtours de la plaie. De petites cloques se mirent à crépiter sous la pulpe de son index. Il se redressa, trempa sa main dans un pot de white-spirit qui traînait sur une étagère, faute de trouver un antiseptique plus approprié. Adrien ne bougeait plus. Ou à peine. Mina, qui était restée en retrait, voyait sa poitrine se soulever avec irrégularité.

— Vous verrez, dit-il dans un dernier sursaut, elle est pas finie, l'aventure des Bleus, pourvu que Zizou revienne... hein, Serge ? Son claquage, c'est pas grave ?

— Bien sûr que non ! approuva celui-ci.

Dans la seconde qui suivit, Adrien rendit l'âme.

*

Des corvées de ce genre, le Gros Serge en avait connu plus d'une. À la nuit tombée, il chargea le cadavre dans sa camionnette et alla le balancer dans une décharge. En espérant que ce serait la dernière fois. Tous les connaisseurs vous le diront, la gangrène gazeuse, ça pue, ça pue horriblement. Sur le chemin du retour, il brancha les infos sur son autoradio. La partie était loin d'être gagnée. D'après le médecin des Bleus, il ne fallait prendre aucun risque. La carrière de Zizou, la suite de la folle aventure des Bleus étaient suspendues à la cicatrisation de quelques fibres musculaires trop surmenées par les matchs menés durant l'année passée...

DRH

En raison du temps très orageux, on étouffait dans la salle de la brasserie, encore plus qu'à l'extérieur. Il était déjà tard et les clients se faisaient rares. Des esseulés en mal de rencontre et, évidemment, quelques rares personnes qui attendaient leur train. Un juke-box d'un modèle antique qu'un type à la démarche titubante s'acharnait à recharger de pièces toutes les dix minutes diffusait une chanson de Balavoine.

Les coups de poing dans l'âme
Le froid de la lame qui court
Chaque jour me pousse
Un peu plus vers la fin
Quand je monte sur scène
Comme on prend le dernier train
Même les soirs de drame
Il faut trouver la flamme qui brûle
Pour toucher les femmes

Qui me tendent les mains
Qui me crient qu'elles m'aiment
Et dont je ne sais rien...

Le haut-parleur de la SNCF émit quelques effets Larsen avant de délivrer son message.

À la suite d'un incident technique dû aux intempéries, le TGV 6208 pour Paris, prévu pour 21 heures 18, arrivera avec un retard d'environ trente minutes. La SNCF présente toutes ses excuses aux voyageurs.

— Ouais, elle a bon dos, la météo, comme d'habitude ! ronchonna un serveur qui zigzaguait entre les tables avec son plateau. Ça c'est encore une grève de fonctionnaires... Alors deux Picon bière pour la 12, et un chocolat froid pour la 18... Ah non madame, soyez sympa, pas de gros billets, j'ai plus de monnaie... Et alors pour nous, qu'est-ce que ça sera ?

Il venait de s'arrêter à une table devant laquelle patientaient deux hommes qui suaient tant et plus. Ils avaient tombé la veste, mais ne parvenaient pas à se décider à dénouer leur cravate.

— Trente minutes de retard... comme d'habitude, oui ! s'écria le plus âgé. Bon, puisque nous avons le temps, deux scotchs, n'est-ce pas, Ranoult ?

— Ah, pas d'alcool, protesta ledit Ranoult,

déjà qu'au repas de clôture, j'ai pris deux verres de…

— Taratata… allez mon vieux, lâchez-vous, le séminaire est terminé, vous avez bien le droit de vous détendre… Allez, deux scotchs !

— Ça roule ! confirma le serveur en s'éloignant avant de reprendre en sourdine le refrain de la chanson de Balavoine.

C'est pour ça qu'aujourd'hui je suis fatigué
C'est pour ça qu'aujourd'hui
Je voudrais crier
Je n'suis pas un héros…

— Alors mon petit Ranoult, instructif, ce séminaire ?

— Absolument, c'était en fait ma première expérience de rencontre avec des confrères plus expérimentés que moi !

— La première ? Durant vos études, vous avez bien dû effectuer quelques stages à l'étranger ! Les States, sans doute… ?

— Les States, ça va de soi… Non, je voulais dire, c'était la première fois que j'étais en situation de responsabilité… que… que je représentais réellement mon entreprise… voilà… si vous voulez, ça fait quand même une différence !

— Oui, l'expérience vient avec le temps. Vous vous en êtes bien tiré. Votre petit exposé a produit son effet. Vous avez eu à gérer un plan de dégraissage du personnel, ça nous est arrivé à tous, et vous avez exposé les faits avec compétence, mais, voyez-vous, c'est ce qui a le plus compté à mes yeux, avec humanité, une grande humanité.

Ranoult hocha la tête avec un sourire amer. Durant les deux jours qu'avait duré le séminaire, il s'était lié d'amitié avec ce Danglar, un type qui approchait la soixantaine et qui lui avait raconté quantité d'anecdotes stupéfiantes sur sa carrière de DRH, et même de « chef du personnel », bien avant qu'on évoque les « ressources humaines ». Il l'avait en quelque sorte pris en affection, ne le lâchant pas durant les débats et encore moins durant les pauses repas.

— Oui, avec un peu de recul, reprit Ranoult, j'assume, mais sur le moment, toutes ces familles qui assiégeaient le site de production, les enfants qui portaient des pancartes en criant « Du travail pour mon papa ! », c'était totalement bouleversant. Mais je n'ai pas cédé !

— Absolument. Il faut toujours tenir le langage de la vérité. Dire les choses. Ne rien cacher. Sans pathos.

Le serveur s'approcha de nouveau de leur table et y déposa les verres.

— Et encore, vous n'avez pas à vous plaindre, renchérit Danglar, croyez-moi, deux cents familles sur le tapis, c'est dur, évidemment, mais moi, voyez-vous, en 95, à la Somexpro, un sous-traitant de l'électroménager, c'est quatre mille gus, avec femmes et enfants que j'ai dû convaincre de dégager la piste ! Et des syndicats très durs, ils m'ont séquestré…

— Non ? !

— Si je vous le dis. J'ai gardé les coupures de journaux, ma fille a même une cassette, on était passés sur FR3 Lorraine. Oh, au fond, ils n'étaient pas bien méchants… à part un ou deux excités, mais je suis parvenu à les calmer. Allez, santé !

Ils s'apprêtaient à entrechoquer leurs verres quand la sonnerie du portable de Ranoult retentit d'un ersatz de la *Petite Musique de nuit*… Ranoult parla à voix basse avec son interlocutrice.

— Oui, oui, je rentre, mais oui, ça c'est très bien passé. Et j'ai fait la connaissance de collègues, enfin, d'amis, j'espère… voilà, voilà, allez, les enfants dorment, tout va bien oui, on en discutera demain. Ma mère ? Je sais qu'elle est pénible, si je ne lui donne pas mon numéro, c'est pas pour rien… Bon, maintenant, Cécile, tu commences à me courir, alors bonsoir !

Ranoult rangea son portable sans pouvoir s'empêcher de rougir. Danglar était hilare.

— Il faudrait écrire un manuel de management à l'usage des couples, ricana-t-il. Je veux dire quelque chose de sérieux, basé sur des données éprouvées… comment gérer l'épouse en ménageant les maîtresses, ou l'inverse, enfin, il y a un créneau, vous ne croyez pas, Ranoult ?

Ranoult haussa les épaules en guise de réponse, se dirigea d'un pas vif vers le fond de la salle et descendit un escalier aux marches luisantes de crasse. Arrivé au sous-sol, il choisit l'urinoir qui lui parut le moins suspect, se déboutonna et se soulagea la vessie avec une volupté certaine.

— Loulou, Loulou, ça va ?

La voix, féminine, juvénile, provenait de la salle voisine, où s'ouvraient les portes des cabines de toilettes. Ranoult perçut des borborygmes divers ; à l'évidence, quelqu'un était en train de vomir dans l'une d'elles. Ranoult se reboutonna et passa ses mains sous l'eau, avant de réaliser que la serviette avec laquelle il comptait s'essuyer présentait moult taches suspectes. Il agita ses mains dans le vide, le seul procédé pour les sécher.

— Loulou ? Loulou ? Ça va ? reprit la voix.

— Lola, qu'est-ce que tu m'emmerdes, ça va, j'te dis !

Ranoult fronça les sourcils. Les borborygmes reprirent de plus belle.

— Loulou, tu veux pas que je prévienne un docteur ?

— Lola, fous-moi la paix !

Les mains encore humides, Ranoult quitta le recoin où s'alignaient les urinoirs. Pour rejoindre l'escalier, il devait passer devant les cabines de toilettes. La fille était superbe. Petite, un mètre soixante, brune aux yeux verts, le visage couvert de taches de rousseur, elle portait une robe d'organdi et des sandalettes à lanières qui couraient sur ses mollets. Elle dévisagea Ranoult.

— Excusez-moi, mademoiselle, bredouilla-t-il, votre ami a l'air mal en point, si je peux aider… ?

— Qu'est-ce t'as, toi ? T'as pissé, c'est fini ? Tu veux que j'te la tienne, que j'te la secoue, pour les dernières gouttes, non ? Alors, dégage…

— Je… je voulais simplement proposer mon aide… protesta Ranoult, stupéfait.

— Gicle, t'as pas pigé ? insista la fille.

Ranoult s'éclipsa, honteux, humilié.

*

Quelques secondes plus tard, « Loulou » quitta le réduit dans lequel il s'était enfermé. C'était un type d'une trentaine d'années, au visage émacié, au regard perdu. Il portait un jean effrangé sur les chevilles, un tee-shirt et, en dépit de la chaleur, un perfecto hors d'âge aux aisselles marquées d'auréoles blanchâtres. Lola l'enlaça, lui couvrit le visage de baisers.

— Allez, allez, Loulou, chuchota-t-elle, reste cool, maintenant, c'est fini. Viens, viens, t'es tout en sueur… je vais te rincer… tu peux pas rester comme ça, t'as l'air d'un fou !

— C'est pas ma faute, si j'transpire, j'voudrais bien t'y voir, deux piges dans la cellule, à sept entassés, le jour, la nuit, la nuit, le jour, quand y en a un qui pète, tout le monde en profite ! J'étouffe, j'étouffe, j'ai plus d'air…

Elle l'entraîna vers un lavabo, l'invita à courber la tête et ouvrit le robinet.

— Viens, viens, Loulou, viens te rafraîchir, ça va te faire du bien… C'est bien, c'est bien, Loulou, reste la tête sous la flotte, ça calme. Je sais que t'as beaucoup souffert, mais maintenant, c'est fini, ta p'tite femme, elle va bien s'occuper de toi… Ça va mieux, ça va mieux…

— Ouais, ça baigne, approuva Loulou. Ma p'tite meuf elle va bien s'occuper de moi !

Il se redressa, et ses mains tremblantes commencèrent à parcourir le corps de Lola.

— Ma p'tite meuf, murmura-t-il, le souffle court, j'ai pas arrêté de penser à c'que j'allais y faire, avec tous ces pédés qui s'tripotaient dans la cellule, alors maintenant…

— Ben oui Loulou, ben oui, protesta Lola en le repoussant gentiment. Ta p'tite femme elle est très gentille, très gentille, mais faut remonter, le train, il va pas tarder à partir.

— Ces enculés, y z'ont annoncé qu'y serait en r'tard, alors on a le temps, non ?

— Non, Loulou, on va remonter, j'ai faim, j'ai envie d'un sandwich, viens, allez, on remonte… faut pas rater le train ! Loulou… sois sage… quand on sera arrivés à Paris, ta p'tite femme, j'te jure qu'elle te fera oublier tout c'que t'as subi… Allez, viens, faut pas traîner… Recoiffe-toi un peu.

Loulou obtempéra et la suivit, docile.

*

À l'instant où ils regagnaient la salle de la brasserie, le fan de Balavoine venait de remettre une pièce dans le juke- box. Ce fut un nouveau moment de poésie :

Quand tout l'monde dort tranquille
Dans les banlieues dortoirs
C'est l'heure où les zonards descendent sur la ville !
Qui c'est qui viole les filles
Le soir dans les parkings
Qui met l'feu aux buildings
C'est toujours les zonards
Alors c'est la panique sur les boulevards
Quand on arrive en ville
Tout le monde change de trottoir
On n'a pas l'air virils
Mais on fait peur à voir…

— C'est dégueulasse, ici ! On n'est pas des chiens ! s'écria Loulou.

Ils prirent place à la table près de laquelle ils avaient laissé leurs bagages. Une petite valise en métal, toute cabossée, celle de Loulou, et un sac de toile, celui que Lola avait trimballé depuis Paris, le temps d'un aller-retour dans la journée.

— C'est rien, Loulou, c'est rien, le serveur va s'en occuper, c'est que des miettes, répondit Lola d'une voix qu'elle voulait apaisée.

— Des miettes, et du ketchup ! Y devraient nettoyer, quand même ! À la zonzon, quand on nettoyait pas le réfectoire, on prenait des coups dans la tronche...

Cette fois, Lola, malgré son infinie patience, laissa percer une pointe d'irritation.

— C'est fini, la zonzon, Loulou, fini, faut bien que tu te mettes ça dans le crâne ! Maint'nant, on va être heureux !

— Alors pour les tourtereaux, ça sera ? claironna le serveur qui continuait de vadrouiller d'un bout de la salle à l'autre, malheureux successeur de Sisyphe condamné à ignorer la douleur occasionnée par les cors qui lui meurtrissaient les orteils.

— Un scotch, pour moi, et pas un fond de verre, hein !

— Et pour la demoiselle ?

— Une limonade et un sandwich !

— Ah, désolé, on n'a que « club sandwich » !

— C'est quoi, la différence ? demanda Lola.

— C'est que c'est enveloppé dans du plastoque, et que le pain, il est en plastoque, aussi ! ricana Loulou.

— C'est pas grave, du moment que c'est bon, concéda Lola.

Le serveur hocha la tête, perdu dans ses pensées. Sandwich ? Club sandwich ? Il se coltinait ce boulot depuis vingt-cinq ans, et les caprices des clients, il avait appris à faire avec. Il resta immobile, l'espace d'un instant, comme suspendu dans le vide.

— Dis donc, toi, pourquoi que tu restes là à la regarder, ma meuf ? éructa Loulou. Elle te botte ? Elle t'a demandé un casse-dalle, alors tu lui sers, et fissa !

— Bien sûr, bien sûr, un casse-dalle, y a rien de plus simple, acquiesça le serveur avant de reprendre sa route.

Loulou sortit son paquet de cigarettes et alluma une Gauloise.

— J'espère qu'on sera pas trop en retard à Paris, soupira Lola, sinon, Paméla, elle pourra pas nous passer la clé.

— C'est qui, Paméla ?

— La copine qui doit me prêter son studio, pour une ou deux nuits, après, faudra voir.

— Attends, Lola, là, je pige plus que dalle, c'est quoi c't'histoire de Paméla ? Avant c'était tout le temps Cindy, Cindy par-ci, et Cindy par-là ! C'te meuf, elle en partageait bien un, d'appart ? T'arrêtais pas d'm'en causer, de ta copine, quand tu venais au parloir.

— Ben oui… ben, enfin non ! On le partage plus. On s'est disputées.

— J'aime pas beaucoup qu'on m'raconte des salades, Lola !

Le serveur était revenu, avec son plateau chargé du fameux club sandwich, de la bouteille de limonade et du scotch destiné à Loulou. Cette fois, il préféra déguerpir au plus vite afin de ne plus risquer de subir l'humeur du client irascible. Lola posa sa main sur celle de Loulou.

— Faut pas être nerveux comme ça…

Loulou avala une gorgée de scotch et grimaça aussitôt.

— Ah, c'est bon… ça brûle un peu, mais c'est bon… Alors, qu'est-ce qu'y fout, ce train ?

*

Non loin de là, trois jeunes gens se morfondaient dans un taxi qui, à leurs yeux, n'allait pas assez vite. Leur inquiétude était motivée par le fait qu'ils devaient à tout prix rejoindre Paris à temps afin de ne pas rater la correspondance pour Toulouse.

— Faut longtemps, de Montparnasse à gare d'Austerlitz ? demanda Seb, qui trépignait, assis entre ses deux copains, sur la banquette arrière.

— Sais pas, moi, Paris, j'y suis jamais allé ! répondit Momo.

— Si on arrive pas à temps, la tronche qu'il va tirer, Phil, j'suis son témoin, c'est pas tous les jours qu'on se marie ! poursuivit Seb.

— Eh bah, il attendra, qu'est-ce tu veux !

— Y m'pardonnera jamais, Phil, jamais…

— C'est ta faute, aussi, Seb, on t'a attendu trois quarts d'heure ! ajouta Raoul, le troisième larron.

— Eh, ducon ! Y avait mon costard au nettoyage à sec, il était même pas prêt ! J'allais pas partir sapé n'importe comment !

La voiture se cabra à la suite d'un méchant coup de freins.

— La voilà la gare, vous voyez bien que c'était pas la peine de râler, lança le chauffeur, en réprimant un bâillement.

— Raoul, pendant qu'on décharge les valoches, va composter, ça fera toujours gagner du temps ! ordonna Seb.

Il déchargea les valises en compagnie de Momo puis commença à courir dans le couloir souterrain qui menait au quai.

— Il est dingue, Raoul, qu'est-ce qu'il a foutu dans sa valoche ? Ça pèse une tonne, ce truc !

Seb galopait le long du tunnel, ahanant sous la charge. Momo le suivait tant bien que mal et dérapa sur une flaque visqueuse avant de s'étaler de tout son long sur le bitume couvert de crachats et de rigoles d'urine.

— Ah d'accord, maint'nant, v'là l'autre qui se viande !

— Déconne pas, j'm'ai fait super mal ! gémit Momo.

À cet instant, Raoul revint vers eux, trempé de sueur, hors d'haleine.

— Eh, les potes, annonça-t-il, c'est bonnard, le train, il est en retard ! une demi-heure, on a tout le temps !

— Génial ! Raoul ? Ta valoche, elle est super lourdingue, qu'est-ce t'as foutu dedans, on part que pour trois jours...

— Ben, l'cadeau pour Philippe ! La boîte à outils, t'as oublié ?

Après avoir aidé Momo à se redresser, ils se remirent en route en direction de la brasserie qui jouxtait la salle d'attente. Seb désigna une table à l'écart, non loin du juke-box. Ils se laissèrent tomber sur les chaises, en éparpillant leurs valises alentour.

— Ça va mieux, Momo ? demanda Seb.

— Putain, c'est le genou, j'aurais pu me le casser ! J'ai glissé sur j'sais pas quoi !

Le serveur s'approcha sans tarder.

— Allez, trois whiskys ! décréta Seb.

Le juke-box ne faillit pas à sa tâche et déversa une nouvelle chanson du poète Balavoine...

Je m'présente, j'm'appelle Henri
J'voudrais bien réussir ma vie, être aimé
Être beau, gagner de l'argent
Puis surtout être intelligent
Mais pour tout ça, faudrait que j'bosse à plein temps...

Cette chanson, Seb, Momo et Raoul l'appréciaient tout particulièrement. Ils en reprirent le refrain en chœur, à tue-tête.

Et partout dans la rue
J'veux qu'on parle de moi
Que les filles soient nues
Qu'elles se jettent sur moi
Qu'elles m'admirent, qu'elles me tuent
Qu'elles s'arrachent ma vertu-u !

— Allez les potes, cul sec ! lança Seb, après que le serveur eut déposé les verres devant eux.

Ils claquèrent la langue et commandèrent aussitôt une autre tournée.

*

Quelques tables plus loin, Loulou, livide et tremblant, les imita.

— Avec ton estomac, tu devrais pas boire tant ! protesta timidement Lola.

— Fous-moi la paix ! Avec c'que je viens

d'apprendre, faut bien que j'encaisse, bordel ! Et moi qui croyais que tu continuais de travailler à Auchan...

— Ben oui, mon Loulou, j'aurais bien voulu continuer, mais tu sais, ton avocat, plus je lui en donnais, plus il en demandait... à la fin, j'avais plus rien sur mon livret à la Caisse d'Épargne, c'est pour ça que j'ai pas pu continuer à habiter avec Cindy, en plus, elle avait peur que son proprio apprenne que t'étais en zonzon, alors... hein, faut comprendre !

— Te laisser dans la débine, tu parles d'une copine !

— J'lui en veux pas... et pis, tu sais, Loulou, au magasin, toutes les caissières elles savaient c'qu'y t'était arrivé, y en avait une qu'avait lu un article dans *Le Parisien*, avec ta photo et tout, alors tout le monde me regardait de travers, total, je me suis engueulée avec la chef, et ça a fait des embrouilles, et hop, direct à la porte !

— Quand même, t'aurais pu m'dire ! murmura Loulou en essuyant une larme qui perlait à sa paupière.

— Pour te niquer l'moral, qu'est-ce ça aurait changé ?

— Ah bordel ! Et ça fait combien de temps que ça dure ?

— Ben, depuis six mois, fallait bien payer l'avocat, et pis t'envoyer des mandats. Tu m'disais tout l'temps qu'c'était dur, que sans un peu de thune, à la zonzon, on pouvait pas se faire respecter.

— Ah, ça me fait mal…

— Oui mais Loulou, j't'ai déjà dit, avec ton ulcère, l'alcool…

— Mais non, c'qu'y m'fait mal, c'est de savoir que quand je m'emmerdais, comme un con, dans ma cellule, à rien foutre de toute la journée, une petite meuf bien gentille comme toi…

— Oh, la journée, tu sais, moi aussi, je dormais, c'est vers onze heures-minuit que je m'y mettais.

— Ah bordel, bordel, c'est pas juste !

— Ça sera rien qu'un mauvais souvenir, maintenant, c'est fini, tempéra Lola, on va repartir, tous les deux, on va s'aimer comme des fous. J'ai de quoi payer un hôtel pour un mois ou deux, et la nourriture, et t'acheter des sapes, parce que si tu présentes pas bien, tu pourras pas trouver de boulot !

— Ouais, et tout ça avec le fric de… de… ah, j'arrive pas à y croire ! Et y en avait beaucoup ?

— De quoi ?

— Mais des mecs, quoi !

— Des clients, tu veux dire ? Ben pas mal, ouais, mais les flics nous lâchaient pas, fallait sans arrêt payer les amendes pour racolage, ça en faisait, des frais ! Plus les taxis, pasque j'avais pas le courage d'y aller en métro, et pour revenir, pareil, j'arrêtais vers les cinq heures du mat'et à c't'heure-là, surtout c't'hiver...

— Arrête, arrête, gémit Loulou, j'veux pas entendre ça !

*

On aurait pu reprocher à l'admirateur de Balavoine son manque de goût, mais certainement pas son avarice. Il venait en effet de recharger le juke-box, une fois de plus.

Et partout dans la rue
J'veux qu'on parle de moi
Que les filles soient nues
Qu'elles se jettent sur moi
Qu'elles m'admirent, qu'elles me tuent
Qu'elles s'arrachent ma vertu-u !

— Eh, les mecs, s'écria Seb, soudain grave, ça fait quand même drôle de penser que Phil, y va être marié ! Bobonne à la maison tous les soirs...

— Un boulot peinard... soupira Momo, rêveur.

— Peinard, faut voir, chauffeur de bus, des fois, ça craint, tempéra Raoul. On s'fait cracher dessus, insulter, c'est pas drôle d'entendre « nique ta race » trente fois par jour.

— N'empêche, chauffeur de bus, c'est mieux

qu'emploi-jeune, insista Momo. C'est parce qu'il avait un bon boulot, qu'il a pu s'trouver une gonzesse, Philippe ! Les gonzesses, elles sont pas dingues, c'qu'elles cherchent, c'est la sécurité !

— Arrête, sa Sophie, y a tout l'monde qu'y est passé dessus, gloussa Seb, j'voudrais pas dire, parce que Phil, c'est un vrai pote, mais sa gonzesse…

— De quoi, tout l'monde y est passé dessus ? Pas moi, en tout cas ! maugréa Raoul en contemplant le glaçon qui dansait au fond de son verre.

— Avec la tête que t'as, y a pas de risque ! ricana Seb.

— Quoi, quoi, le toubib, y me l'a bien dit que l'acné, c'était que passager, et au fait, toi, tu y es passé dessus, à Sophie ?

— Ben, c'est pas des choses qui se disent !

— Accouche ! La grosse Sophie, tu te l'es faite, ou pas ?

— Vous pensez bien que si je me l'étais faite, c'est pas la veille du mariage de Phil que je vous le dirais !

— Ouais, mais t'aurais pu le dire avant ! Donc, tu te l'es pas faite, môssieu Seb ! Tu te vantes toujours, mais question gonzesse, t'es pas plus fortiche que nous, hein, qu'est-ce t'en penses, Momo ?

— J'ai mal à mon genou, merde, j'espère que c'est pas grave…

— C'est ça, change de sujet, Seb, tu l'as toujours suivi comme un toutou, alors tu veux pas le contrarier !

— Mais non, je comprends simplement que c'est par délicatesse que Seb veut pas nous dire s'il a niqué Sophie, protesta Momo, sincèrement contrarié.

— Ah lui, « délicatesse » ! V'là qu'tu sais t'servir d'un dictionnaire, maintenant !

— Eh les gars, depuis le temps qu'on se connaît, on va pas s'engueuler la veille du mariage de notre meilleur pote ! conclut Seb en posant ses mains sur les épaules de ses copains. Allez, on se recommande une tournée ! Garçon !

*

— Plus que dix minutes avant le départ, on pourrait déjà aller sur le quai, non ? proposa Lola.

— Pourquoi ? On est bien, ici ! Eh tiens, regarde, il commence à flotter, c'est pas la peine d'aller se faire saucer !

— L'orage, j'aime pas ça, j'espère que ça va pas encore retarder le train.

— Mais non, t'inquiète, on va vite se tirer de ce patelin pourri.

— Bouge pas, je vais aux toilettes.

Loulou la regarda s'éloigner, songeur. Sa robe était si légère, si transparente qu'on pouvait deviner le galbe de ses cuisses à travers le tissu. Il commanda un autre scotch.

*

— Eh les gars, visez un peu la fille, là, celle qui vient droit sur nous...

— Elle est plutôt pas mal, admit Raoul.

— Ouais, mais elle est avec un mec qu'a pas l'air de rigoler, nota Momo.

— Vous voyez pas qu'elle prenne le même train que nous ?

Lola s'était approchée de la table qu'occupaient les trois lascars. Leurs valises jetées en vrac sur le sol lui barraient le chemin des toilettes.

— Je pourrais passer ?

— Mais bien entendu, mademoiselle ! Momo, tu vois pas qu'y a ta valise qui gêne ? Excusez-nous...

Momo se précipita pour libérer la place.

— Et voilà, la voie est libre... Mademoiselle ? Quel joli prénom portez-vous ? Moi, c'est Sébastien !

Lola descendit l'escalier sans réagir.

— Tu vois, constata Momo, elle a même pas répondu...

— Ouais, mais quand elle est passée, elle m'a regardé droit dans les yeux, et avec un sourire, j'vous dis pas ! Si elle prend notre train, je vous jure que je me la fais !

— Arrête tes conneries, Seb, grommela Momo, elle est pas toute seule, je te dis !

— Toi, Momo, tu pars toujours vaincu d'avance. Son mec est peut-être simplement venu l'accompagner au train, non ? Vous allez voir ce que vous allez voir, je vais vous montrer comment qu'y faut s'y prendre !

*

— L'attente va bientôt prendre fin, constata Danglar en consultant sa montre.

— Pas trop tôt, approuva Ranoult. Je suis épuisé, je crois bien que je vais dormir dans le train. Je comptais commencer à rentrer les notes du séminaire dans mon portable, mais je remettrai ça à demain.

*

Raoul se tordait le cou pour scruter les profondeurs de l'escalier qui menait aux toilettes.

— Eh, Seb, la meuf, la r'vlà ! annonça-t-il.

Sébastien tenta une nouvelle approche, sans plus de résultat. Lola l'écarta d'un geste qui laissait deviner son agacement.

— Laissez-moi passer ! Allez, poussez-vous ! lança-t-elle vivement.

L'échange, bien que furtif, n'avait pas échappé à Loulou.

— C'est quoi, y a une embrouille ? demanda-t-il sitôt qu'elle l'eut rejoint.

— C'est rien, c'est rien, viens, on s'en va, maintenant on peut aller sur le quai.

— T'es sûre ?

— Si je te le dis.

— Y a un de ces connards qui t'a manqué de respect ?

— On sort ! décréta Lola, excédée.

*

La tension entre le couple Lola-Loulou et le trio de jeunes fêtards n'avait pas échappé au regard acéré de Danglar.

— Eh bien, on dirait que l'orage a un peu échauffé ces jeunes gens, notez, je les comprends, la fille est vraiment superbe, un rien vulgaire, mais superbe ! Qu'est-ce que vous en pensez, Ranoult ?

— Pas grand-chose, à vrai dire…

— Allons, Ranoult, il n'y a pas d'oreilles indiscrètes, et je ne dirai rien à votre épouse ! D'ailleurs vous n'avez rien à vous reprocher ! Je vous demande simplement un commentaire, heu… esthétique ! Alors ?

— Elle est… elle est assez séduisante, mais je l'ai croisée tout à l'heure aux toilettes, et elle m'a tenu des propos d'une vulgarité inouïe !

— Eh bien, mon petit vieux, vous cachez bien votre jeu, vous ! Vous abordez les filles dans les toilettes ! Carrément !

— Mais pas du tout... le... le type qui l'accompagne avait l'air mal en point, je lui ai proposé mon aide, c'est tout ! bégaya Ranoult, rouge de confusion.

— Mais je vous faisais marcher, voyons ! Allez, le train va arriver dans quatre minutes, allons sur le quai, nous sommes en première, voiture... voiture 15 !

*

— Quai 6 voiture 17, allez les gars, grouillez-vous, c'est à l'autre bout, y a tout le tunnel à traverser ! ordonna Seb. Qu'est-ce tu traînes encore, Momo ?

— C'est mon genou...

— Raoul, aide-le !

Momo claudiquait derrière ses copains et déboucha sur le quai en grimaçant de douleur.

— Ah voilà, voiture 17, coup de bol, c'est juste à côté du bar ! constata Seb.

— Eh, regarde, la fille de tout à l'heure, elle est là-bas ! haleta Raoul en débouchant des escaliers, les bras chargés de sa valise en plus de celle de Momo.

*

— Qu'est-ce qu'on a comme place ? demanda Loulou.

— Bah, on en a pas, on a que les billets, j'ai pas eu le temps de prendre la résa, s'excusa Lola.

Le TGV 6208 pour Paris va entrer en gare, éloignez-vous de la bordure du quai. En raison de sérieuses intempéries, ce train arrivera à destination avec un retard estimé à deux heures, la SNCF vous prie d'accepter toutes ses excuses...

*

Danglar et Ranoult montèrent à bord de leur voiture de première classe, totalement déserte.

— Voilà, places 56 et 57, et nous serons seuls dans le wagon. Eh bien, vive la tranquillité... Qu'est-ce que vous préférez, couloir ou fenêtre ? demanda Danglar.

— Oh, ça m'est complètement égal !

— Mettez-vous dans le coin fenêtre, vous serez mieux, si vous voulez dormir...

— Merci, j'ai un sérieux coup de barre !

L'équipage du TGV 6208 est heureux de vous accueillir à bord. Attention à la fermeture des portes, le départ est imminent... ce train est direct pour Paris.

Ranoult, affalé sur son siège, n'en finissait plus de bâiller.

— Eh bien, je vois que vous m'abandonnez à ma triste solitude, constata Danglar.

— Mais c'est que...

— Allons, allons, je comprends parfaitement. Vous m'avez expliqué que vous menez une vie très régulière, et je vous en félicite. Moi, voyez-vous, l'âge venant, je souffre d'insomnie. Inutile d'essayer de dormir, je n'y parviendrai pas. Tenez, passez-moi votre billet, je le présenterai au contrôleur, pour qu'il ne vous réveille pas !

*

Momo, Seb et Raoul avaient repéré leurs places, dans leur wagon de seconde totalement désert, lui aussi. La climatisation ne fonctionnait pas. Ils commencèrent à installer leurs bagages. Momo et Raoul se chargeaient de la besogne, tandis que Seb se curait les ongles à l'aide d'un canif.

— Faudrait mieux caler ta valise, Momo, parce que là, elle risque de se casser la gueule... et de nous tomber droit sur la tronche !

— Ben fais-le, moi, je peux pas, avec mon genou...

— Mais c'est complètement con de la mettre là-haut, au bout du wagon, y a un endroit exprès ! trancha Seb.

— T'es sûr ? Y a pas de risque qu'on me la chourre ? s'inquiéta Momo.

— Ah lui, n'importe quoi, on n'est pas dans ta cité, ici ! T'as vu, à part trois clampins, y a personne dans c'train, et de toute façon, c'est direct pour Paris, alors le connard qui voudrait faire le mariole, on le pécho à la sortie !

— Bon, si tu le dis... Moi, si j'insistais, c'est parce qu'y a le cadeau pour Philippe, dedans.

— Raoul, tu la prends, la valise à Momo ? Viens, on va la mettre dans le sas, entre les wagons, y a des casiers pour ça.

Raoul obéit et transporta la valise en suivant Sébastien. Arrivés dans le sas, ils s'arrêtèrent, à moitié surpris de se retrouver face à Lola et Loulou, qui se partageaient un strapontin dans le réduit.

— Ah, bonsoir, on dérange ? demanda Seb.

— Y a pas de problème ! répondit Loulou.

— C'est juste qu'on voulait mettre une valise dans le casier. Après tout, y sont faits pour ça, non ?

— Y sont faits pour ça, acquiesça Loulou.

Raoul cala la valise sur un des casiers et se retrouva les bras ballants, à dévisager son copain dans l'attente d'autres consignes.

— Bon, bah, bonsoir... Fait chaud, hein... je comprends pas pourquoi ils mettent pas la clim. Surtout que dans ces wagons, on peut même pas ouvrir une fenêtre. Vous avez pas chaud, vous ? demanda Seb.

— Oui, oui, on a chaud… mais la clim, je crois qu'elle est en panne, soupira Loulou.

— Pas de chance, hein ? Déjà qu'il y avait du retard, et il paraît que c'est pas fini, c'est l'orage, ça bloque les voies, total, on a du retard, forcément.

— Forcément, répéta Loulou.

— Bon, bah on va retourner à nos places.

— C'est ça… retournez !

*

La société Servair a le plaisir de vous informer qu'une voiture-bar est à votre disposition en voiture 16, au milieu du train… Nous vous y proposons tout un assortiment de boissons fraîches ou chaudes, ainsi que des confiseries…

Le contrôleur croisa Danglar qui se dirigeait vers la voiture-bar. Ils échangèrent quelques mots à propos du retard du train puis se séparèrent, après que Danglar eut recommandé au contrôleur de ne pas réveiller Ranoult.

*

— Eh les mecs, on va pas rester plantés là toute la nuit, hein ? La meuf de la gare, elle est avec son mec, là, tout au bout du wagon, quand j'ai rangé la valoche à Momo, j'vous jure, elle m'a lancé un sourire. Elle doit s'emmerder un peu avec ce gus. Faut dire qu'il a l'air un peu zone, hein, vous trouvez pas ? Eh, les mecs, je cause dans le vide, ou quoi ?

— Partout dans les rues, j'veux qu'on parle de moi, que les filles soient nues, qu'elles se jettent sur moi, qu'elles s'arrachent ma vertu-u ! chantonna Raoul, d'une voix pâteuse.

Les deux autres reprirent le refrain.

— Ouais, alors, raconte, la meuf ? demanda Momo.

— Elle m'a souri, et même qu'elle m'a fait comme un signe pour me montrer sa robe, elle avait les boutons dégrafés jusqu'à la cuisse !

— Ah, lui, v'là qu'y rêve, elle t'a montré son cul, pendant qu't'y es ?

— Je rêve pas, Momo, je rêve pas, cette fille, bien roulée comme elle est, je vois pas ce qu'elle fout avec un naze pareil. Elle est malheureuse avec lui, forcément !

— T'avais dit que tu t'la ferais dans l'train ! rappela Raoul avec une pointe de perfidie presque imperceptible.

— Exact... attendez ! Bougez pas, j'reviens !

Seb se dirigea de nouveau vers le sas. La porte automatique s'ouvrit avec un chuintement.

— Excusez, c'est encore moi...

— On a vu, soupira Loulou.

— J'voulais vous dire, c'est vraiment bête que vous restiez comme ça, à moitié assis, à moitié debout ici, alors que le wagon, il est vide. On est juste mes deux copains et moi, y a toute la place !

— Non merci, on est très bien comme ça, rétorqua Loulou.

— C'est bête... vraiment, surtout pour la demoiselle, elle serait mieux installée sur un siège, non ?...

— Ouais, après tout, qu'est-ce que t'en penses, Lola... ?

— Non, non, on reste ici !

— Bon, bah, moi c'que j'vous en disais c'était pour rendre service, si vous changiez d'avis, hein, pas de problème, bonsoir !

— Bordel, j'ai mal aux reins... c'est vrai que dans le wagon, y a personne ! gémit Loulou dès que Seb eut disparu.

— Peut-être, mais on n'a pas de réservation.

— On s'en fout, non ? Avec le retard qu'y nous collent, y vont pas nous faire chier en plus, ça serait la meilleure !

— On s'en fout pas du tout ! Le contrôleur pourrait nous coller une amende, et puis ces types, je les aime pas !

— Y t'avaient emmerdée, dans la brasserie ?

— Non, pas vraiment...

— Parce que si y en avait un qui te manquerait de respect, t'aurais qu'à me le dire, et ça serait réglé en cinq sec, vu ? Alors ?

— Je préfère rester là !

Quelques instants plus tard, le contrôleur fit son apparition dans le sas et vérifia les billets.

— C'est vraiment désert, ce soir, si vous voulez aller vous asseoir dans le wagon, y a pas de problème, proposa-t-il. C'est à vous de voir… bonsoir !

— Allez, viens, Lola, on va pas se pourrir la vie, quand même, insista Loulou, dès que le contrôleur se fut éloigné. Si t'es bien assise, tu pourras dormir un peu. T'as l'air crevée…

— J'te dis que je préfère rester là…

*

À quelques pas de là, Seb subissait le regard moqueur de ses deux copains.

— Ça démarre mal, ton plan, Seb ! gloussa Raoul. Elle a pas voulu v'nir ! Môssieu Seb se fait toutes les gonzesses, môssieu Seb sait comment les emballer, môssieu Seb s'est fait Sophie, que tout le monde y est passé dessus, soi-disant c'est pas un scoop, mais là, môssieu Seb, y sait plus comment faire…

— C'est ça marre-toi, j'te jure qu'on en restera pas là !

— Moi, en tout cas, j'ai soif, annonça Raoul.

— T'as raison, y a le bar à la voiture d'après, allez, on y va ! Momo ? Qu'est-ce tu fous, fais pas semblant de roupiller !

— Y a sa religion qui lui interdit de boire, ricana Raoul.

— Fais pas chier, Raoul, remets pas le couvert avec tes conneries, parce que ça va mal finir !

— Momo, calmos, rapplique, tu connais Raoul, y dit n'importe quoi. Cent kilos de viande, quinze grammes de cervelle !

— Bon je viens, mais qu'il arrête de déconner...

— N'empêche, mes cent kilos, ça en a calmé plus d'un... marmonna Raoul.

Inévitablement, pour rejoindre la voiture-bar, ils durent franchir le sas où se morfondaient Loulou et Lola.

— Excusez, on fait que passer, on dérange pas ?

— Pas du tout.

— On dérange vraiment pas ? Même si on restait un peu ? lança Raoul.

— Ça veut dire quoi, ça ?

— Ça veut rien dire, trancha Seb, allez, venez, les gars.

À cet instant, déstabilisé par un cahot du wagon, Momo s'affala contre Lola. Il se releva aussi vite qu'il le put.

— Excusez-moi... excusez-moi, mademoiselle... j'ai... j'ai mal au genou...

— Bon ben voilà, on en parle plus, maintenant, tu peux suivre tes potes, hein ? susurra Loulou, d'une voix où pointait l'exaspération.

Momo ne se le fit pas dire deux fois et s'éloigna en claudiquant.

— Il a fait exprès de faire semblant de glisser pour te tomber dessus et te peloter au passage !

— Mais non, qu'est-ce que tu vas imaginer ? soupira Lola. Il a glissé, c'est tout, t'as bien vu, il boite ! Y m'a pas pelotée du tout !

*

Après une progression hasardeuse due aux oscillations du train, les trois copains arrivèrent au bar.

— T'es carrément barge, Raoul ! lança Seb, furieux, en s'accoudant au comptoir.

— Ben quoi ?

— « On dérange vraiment pas ? Même si on restait un peu ? » et gnagnagni et gnagnagnia ! Tu crois que c'est comme ça qu'on va avancer ? Tu vas l'effaroucher, la fille !

— J'voulais juste t'aider.

— Laisse-moi faire, regarde, et t'occupe... Alors, qu'est-ce qu'on peut boire ?

— Tout ce qui est affiché, répondit la serveuse, mais dépêchez-vous, je ferme dans une minute, il n'y a pas un chat...

— Pas un chat, ah, ça, c'est pas gentil pour le monsieur, là... nota Seb en désignant Danglar.

— Le monsieur, il a commandé, je l'ai servi, je vais faire la même chose avec vous, et après, je fer-me !

— Alors trois scotchs… non, attendez, pas trois, cinq !

— Pourquoi cinq ? s'étonna Raoul.

— T'occupe ! Merci mademoiselle. Tenez, j'ai qu'un billet de cinquante euros, ça ira ? À la vôtre, les mecs… Eh, à la vôtre, m'sieu !

— À votre santé, jeunes gens, répondit Danglar d'une voix enjouée. Voyage d'affaires ?

— Non ! On va au mariage d'un copain, à Toulouse, faut qu'on change à Paris, c'est la merde, ce retard !

— Alors, à la santé du marié !

La serveuse tira le rideau de fer sur le comptoir et s'éclipsa dans l'intention d'aller dormir dans un wagon de première, comme elle en avait l'habitude. Là où la clim fonctionnait.

*

— Putain qu'y fait chaud ! gémit Loulou. Je tiens plus…

— Faut patienter, essaie de dormir.

— J'voudrais bien, mais assis sur un strapontin…

— Va dans le wagon, toutes les places sont libres.

— Y a pas un quart d'heure, tu disais le contraire, et puis j'veux rester avec toi.

Il enlaça Lola, la serra contre lui, avec rudesse.

— Oh la la, t'es comme moi, tu transpires, constata-t-il. T'es toute trempée !

— Loulou... c'est pas sérieux...

— Tu pourrais m'embrasser au moins ?

Elle avait appris à déchiffrer les mimiques de Loulou, à désarmorcer ses colères aussi fréquentes qu'irrépressibles. Elle se laissa donc faire, préférant lâcher un peu de lest.

— On est que tous les deux, insista Loulou dont les caresses se faisaient de plus en plus pressantes.

— Mais non, y a les trois types... y vont repasser...

— Y sont partis picoler. On a un petit moment. T'as pas envie ?

— Mais bien sûr que si, Loulou... mais on est dans le train...

— Dans le train, mais rien que tous les deux !

— On peut pas... et pis j'ai mes règles.

— Lola, je t'en supplie...

À l'extérieur le tonnerre se fit de plus en plus fort. De puissants éclairs perforaient la nuit. La lumière faiblit puis s'éteignit dans tout le train.

— Eh tiens, nous v'là dans le noir ! Lola, allez... supplia Loulou.

— Bon, mais alors vite, hein, tu te retiens pas ?

Loulou se redressa alors que Lola restait assise sur le strapontin. Elle fit prestement descendre la fermeture éclair de sa braguette.

— Oh la la, Loulou, dans quel état que t'es ! chuchota-t-elle en riant.

— Tu vois bien, ça pouvait plus attendre !

*

À quelques pas de là, Seb et ses copains refaisaient en sens inverse le parcours qu'ils avaient effectué pour se rendre au bar.

— Eh, les mecs, vous voyez c'que j'vois ? s'écria Seb, alors qu'ils s'approchaient du sas.

— Bah non... y fait tout noir ! répondit Raoul !

Un grondement de tonnerre, suivi d'une gerbe d'éclairs, leur permit d'apprécier furtivement le spectacle.

— Alors ? gloussa Seb.

— Ben mon vieux, elle y va, elle y va, constata Raoul... Ouah... la vache... ah la salope, elle sait y faire !

— T'as bien vu, toi aussi, Momo ? demanda Seb.

— Ouais, ouais... elle sait y faire !

— On progresse, les mecs, on progresse !

*

Lola s'essuya la bouche à l'aide d'un Kleenex tandis que Loulou se rajustait. Après quelques instants d'hésitation, le système électrique du train fut de nouveau opérationnel.

— Salut, c'est encore nous ! claironna Seb en pénétrant dans le sas.

— Ouais, ouais, bah passez, y a la place... marmonna Loulou.

— On a pensé que ça vous ferait plaisir de boire un coup, annonça Seb en montrant les gobelets de plastique qu'il tenait précautionneusement. Allez, prenez, y a des glaçons, ça rafraîchit !...

— C'est sympa de votre part, admit Loulou en tendant la main.

— Vous allez pas boire comme ça, debout ! V'nez vous asseoir avec nous !

— Ouais... pourquoi pas ?

Loulou se dandinait, hésitant.

— Tu y vas si tu veux, moi, je reste ici ! annonça Lola.

— Vous prenez pas votre gobelet, mademoiselle ? demanda Seb, d'une voix qu'il voulait aimable.

— Non, merci.

— Bon, ben, y en aura deux pour vous, hein m'sieu ? poursuivit Seb.

— Merci, j'avais soif !

— Allez, venez, on va s'asseoir dans le wagon !

Loulou suivit la bande des trois, sans se préoccuper de la moue boudeuse de Lola.

*

Ranoult dormait comme un bébé, le sourire aux lèvres, sans doute plongé dans un rêve agréable.

— Ranoult, Ranoult, vous me désespérez ! soupira Danglar. Secouez-vous, mon vieux, regardez...

Ranoult ouvrit un œil, puis l'autre. À quelques mètres, la serveuse du bar s'était assoupie, allongée sur une rangée de fauteuils dont elle avait redressé les accoudoirs.

— Elle est très belle, dans son sommeil, murmura Danglar. Regardez la douceur de son visage... et puis sa cuisse... mmhhh... mon petit Ranoult, ne me dites pas que vous n'appréciez pas le spectacle ?

— Si, si, admit Ranoult.

— Curieux moment, Ranoult... Deux hommes, perclus de fatigue dans la nuit, et cette fille, qui se dévoile dans l'agitation du sommeil. Ranoult, Ranoult, regardez, nom de Dieu, sa jupe remonte doucement, je ne sais pas ce qu'il en est pour vous, mais en ce qui me concerne, j'aperçois sa culotte !

Ranoult s'était de nouveau endormi. Danglar se leva, dépité. Il franchit la distance qui le séparait de la serveuse assoupie, la dépassa, et poursuivit sa route, dans le seul souci de tuer le temps.

*

— C'est crevant de voyager, hein ? lança Seb.

— Y a pire, répondit Loulou en vidant le deuxième gobelet, celui réservé à Lola et dans lequel le glaçon achevait de fondre.

— On a plus rien à boire, et la pétasse du bar a plié boutique ! constata Seb.

— Ben ouais, c'était sympa, mais maint'nant, j'vais aller revoir ma…

— Attendez, attendez ! Raoul, dans ta valoche, y a pas un coup à siffler ?

— J'voudrais pas m'incruster, plaida Loulou d'une voix pâteuse.

— Raoul ? Faut te faire un dessin ?

Raoul dévisageait son copain, les sourcils froncés, d'un regard empreint d'une profonde perplexité.

— Ouahh… j'ai l'estomac qui me brûle ! gémit Loulou.

— Ah ça c'est rien, attendez, faut soigner le mal par le mal ! Raoul, t'es lourd, ouvre ta valoche !

— Ah ouais, la bouteille de cognac ? acquiesça Raoul dès que ses neurones eurent effectué la connexion tant attendue par Seb. Mais ça, c'était un cadeau pour Philippe !

— On en achètera une autre, grouille, merde ! Alors, Raoul ça vient, ce cognac... ?

— Attends que j'enlève c'te putain de capsule !

Raoul, soucieux de bien faire, les mains fébriles, se débattait avec la bouteille, sous le regard impatient de Seb.

— À la vôtre, santé ! proclama Seb en tendant à Loulou un gobelet de plastique rempli à ras bord de cognac, que Loulou siffla d'un trait.

— Un autre ? proposa Raoul, qui avait enfin compris où Seb voulait en venir.

Quand la bouteille fut à moitié vide, Loulou dodelina de la tête, puis s'endormit doucement, lové en position fœtale sur la banquette, les mollets pendant dans la travée centrale.

— Bon maintenant, il est fait, chuchota Seb. Momo ? Momo ? Où qu'elle en est, sa gonzesse ? T'as été voir ?

— Ben, elle roupille ! assura Momo.

— Ça baigne ! Qui c'est qui y va le premier ? Allez, Momo, viens avec moi, et toi, Raoul, tu fais le pet, des fois qu'y se réveillerait, çui-là !

*

— Mais bordel, Momo, tu la tiens, ou quoi ?

Lola, ceinturée, agrippée, triturée, se débattait tant qu'elle pouvait. Momo, sur l'injonction de Seb, lui avait plaqué sa main sur la bouche et lui tordait la mâchoire pour l'empêcher de crier, tandis que celles de Seb s'insinuaient entre ses cuisses.

— Arrête tes conneries, salope, susurra Seb, on t'a vue, tout à l'heure, alors tu vas pas nous en chier une pendule, hein ? Tu nous suces, tous les trois, et on n'en parle plus. Momo, qu'est-ce tu fous ?

— Mais elle me mord, putain !

— C'est ça, putain ! Sale putain ! approuva Seb en cognant à coups répétés dans le ventre de la fille, au hasard, vers le foie, l'aine, le pubis.

Lola encaissait les frappes en rendant coup pour coup, à la mesure de ses faibles moyens. Ce qui ne suffisait pas. Seb l'abandonna au contrôle approximatif de Momo et appela Raoul à la rescousse.

— Raoul ! Raoul ! Viens, merde, on y arrive pas !

Raoul obtempéra et rejoignit ses potes d'un pas lourd. Mine de rien, le cognac qu'il avait ingurgité pour accompagner Loulou dans sa biture avait quelque peu affecté sa capacité de résistance. Arrivé dans le sas, il réalisa la gravité de la situation, et, sans que Seb ne le guide d'aucune façon, il prit sur lui la décision de s'affaler à califourchon sur Lola. Momo était parvenu à la retourner sur le ventre, de telle sorte que Raoul n'eut qu'à s'agenouiller sur elle, pesant de tout son poids sur son bassin, Seb retroussa la robe de Lola et commença à tirer sur sa culotte.

*

— Eh monsieur, monsieur ? Vous vous réveillez ?

Loulou, vaseux, répondit par un grognement et fixa, ahuri, le visage du type penché sur lui.

— Je crois que votre amie a quelques ennuis, annonça Danglar. Je tenais à vous prévenir.

Quand Loulou pénétra dans le sas, Seb n'était pas parvenu à ses fins. Bien qu'écrasée par Raoul, Lola se cabrait sous lui et s'agitait tant et plus. Loulou était seul contre trois, mais il bénéficiait de l'effet de surprise. Il expédia un violent coup de santiag dans le genou de Momo, qui poussa un hurlement. Ce fut ensuite au tour de Raoul de tâter de la pointe de la botte. Sous la violence du choc, son front heurta une des parois du casier à bagages. Sonné, il n'esquissa pas le moindre geste de défense. Lola en profita pour échapper à l'étau de ses cuisses et se redressa. Seb s'était réfugié, accroupi, à l'entrée du casier, protégé par la masse du corps de Raoul.

Loulou ouvrit la porte des toilettes, y entraîna Lola et tira le verrou, étonné de sa victoire. Lola se blottit contre lui et l'étreignit de toutes ses forces.

*

— Le salaud, le salaud, il m'a niqué le genou ! gémit Momo. J'ai mal... faut un médecin !

— Ta gueule ! grogna Raoul en se massant le front où commençait à se former une bosse de dimension respectable.

— C'est vrai, ça, ta gueule ! renchérit Seb.

— Et maintenant, môssieu Sébastien, qu'est-ce qu'on fait ? demanda Raoul, d'un ton mauvais. Tu nous as encore entraînés dans un coup foireux ! On se tire ?

Seb tambourina contre la porte des toilettes.

— Eh, tu m'entends, connard ? cria-t-il. À part t'enfermer dans les chiottes, qu'est-ce que tu proposes ? T'es coincé, et on est pas encore arrivés à Paris... Y a personne, dans ce train de merde, alors, ta gonzesse, je te garantis qu'elle va y passer, on a tout le temps !

*

— T'en fais pas, Lola, t'en fais pas, assura Loulou. Ils t'auront pas...

— Loulou, Loulou... c'est pas possible... on n'a que des emmerdes ! sanglota Lola en s'aspergeant le visage d'une coulée d'eau tiède.

Les poings de Seb continuaient de marteler la porte du réduit.

— Cassez-vous, on sortira pas ! cria Loulou.

— C'est ça, fais le con, ricana Seb, on a chopé ta valoche, avec tes papiers, tu t'appelles Louis Gandier, tu sors de taule, connard, alors t'as intérêt à t'écraser, sinon on dit que c'est toi qui nous as agressés !

— T'avais laissé tes papiers dans ta valise ? demanda Lola, accablée.

Elle s'assit sur le siège des toilettes et enfouit son visage entre ses mains.

— Ben ouais, pardon...

— Tu crois qu'on n'a pas vu c'qu'elle te faisait, ta gonzesse, tout à l'heure ? Qu'est-ce tu veux ? Hein, combien tu veux ? Regarde, regarde !

Loulou entendit un bruit de papier froissé et vit apparaître quelques billets de dix euros chiffonnés qui glissaient sous la porte des toilettes.

— J'en veux pas de votre fric ! lança-t-il d'une voix cassée par un sanglot.

— Une pute, on la paie, et là, c'est plutôt pas mal, t'as compté les billets ? rétorqua Seb. Avec c'qu'on te file, elle peut pas se plaindre, ta pouffe !

Loulou, saisi d'une nausée soudaine, écarta Lola de la cuvette, se pencha et commença à vomir.

— Vas-y connard, dégueule, avec tout c'qu'on t'a fait picoler, t'en es pas sorti, de tes chiottes ! lança Seb en recommençant à marteler la porte.

— J'étouffe, j'étouffe, là-dedans, je peux pas rester enfermé, je peux plus... gémit Loulou, le visage agité de tics, ruisselant de sueur.

— Loulou, du calme, ils peuvent rien contre nous, et le train arrivera bien à un moment ou à un autre, hein ? Faut patienter, ici, on est en sécurité !

— Tu comprends pas, j'étouffe, je peux plus rester enfermé, c'est comme le mitard, ici !

*

Tournant en rond dans le sas, Seb cherchait à se tirer de cette piteuse situation. Il se tourna soudain vers Momo.

— Ouvre ta valoche, vite ! ordonna-t-il.

— Mais... pourquoi ?

— Ah ouais, génial ! approuva Raoul, ravi d'avoir saisi la pensée de Seb. La boîte à outils à Philippe, c'est géant, comme plan, on va la niquer vite fait, la porte des chiottes !...

Ils se retrouvèrent tous les trois face à la trousse à outils qu'ils comptaient offrir à leur ami. Elle contenait divers ustensiles, parmi lesquels un marteau et un tournevis de dimension respectable.

*

— Ranoult, Ranoult, bon sang, réveillez-vous ! chuchota Danglar en secouant l'épaule de son collègue. Venez vite, c'est passionnant, absolument passionnant ! Allez, levez-vous, bon sang ! Suivez-moi !

Le malheureux Ranoult renonça à protester, obéit et tituba entre les sièges, hagard, trop épuisé pour tenter de renouer le fil du rêve que Danglar s'était permis d'interrompre de façon si cavalière.

*

— T'es du genre têtu, toi, hein ? ricana Seb, la joue collée contre la portière des toilettes. Alors t'es en liberté conditionnelle ?

— Ta gueule... répliqua Loulou d'une voix empreinte d'une infinie lassitude.

— On te veut pas de mal... simplement que tu nous prêtes ta gonzesse un moment. Elle nous suce un peu tous les trois, mes potes et moi, et on n'en parle plus. T'es pas perdant, on a déjà allongé la thune.

— Allez vous faire foutre ! s'entêta Loulou.

— Y veut pas, y veut pas, ça foire, ça foire... vous voyez bien, les gars ! lança timidement Momo.

— Toi, tu t'écrases, répliqua Seb, allez, vas-y, Raoul, ouvre-la, c'te porte !

Raoul insinua la pointe du tournevis dans le chambranle et commença à effectuer des mouvements de va-et-vient, bandant les muscles de ses bras, de ses avant-bras.

— Ça va venir, ça va venir, assura Seb, c'est qu'une question de temps !

*

À l'intérieur des toilettes, Loulou et Lola voyaient le montant de la porte osciller, à un rythme de plus en plus rapide.

— Allez, vas-y Raoul, nique-la, cette porte ! s'impatientait Seb. Vas-y mon pote, défonce-la, après, c'est la gonzesse, que tu vas défoncer !

*

— Pas un pas de plus, mon petit Ranoult, d'ici, on peut tout voir !

Les deux hommes s'étaient immobilisés à l'extrémité du wagon et ne perdaient rien du spectacle qui se déroulait dans le sas. Ranoult, comprenant ce qui excitait tant son compagnon, ne put retenir un cri de protestation.

— Silence ! ordonna Danglar. C'est inespéré : deux camps en présence. Situation limpide : ces trois minables veulent s'offrir un moment de plaisir, au détriment de cette fille dont vous me disiez vous-même que vous la trouviez attirante.

— Je n'ai pas dit ça !

— Si ! Vous l'avez dit ! Peu importe... D'un côté, la force, la jeunesse, le nombre, trois contre un ! De l'autre, un pauvre type affaibli qui sort de prison ! J'ai tout entendu, sur qui pariez-vous, Ranoult ? Vite, dites-le ? Qui va gagner ?

— Le contrôleur, il faudrait l'avertir !

— Le temps qu'il arrive... Foutez-moi la paix ! Tout va se jouer maintenant ! Sur qui pariez-vous, qui va gagner ? Secouez-vous, Ranoult, nom de Dieu, considérez que ça fait partie de votre formation !

— C'est eux... c'est eux qui vont gagner, évidemment !

— Allez, huit cents euros que c'est l'autre, vous tenez le pari ?

— Le contrôleur... insista Ranoult.

— Vous le tenez, ce pari, oui ou merde ?

Ranoult hocha la tête, vaincu.

— Tapez là, mon vieux, les dés sont jetés !

*

— Ils vont y arriver, ils vont y arriver ! constata Lola, effrayée, en voyant les dégâts que le tournevis manié par Raoul avait déjà infligés à la porte du réduit.

— Je vais vous faire la peau, bande d'enflures ! hurla Loulou.

— C'est ça ! rétorqua Seb, moi j'te défonce la gueule à coups de marteau !

— Loulou, arrête, ça va mal finir. Tu sors de taule, et je veux pas que t'y retournes ! supplia Lola. Ouvre-leur, je... je... je vais...

— Tu vas quoi ?

— Je vais faire ce qu'y veulent, y en a pour dix minutes, après on aura la paix !

— Non, Lola, non, tu le feras plus jamais...

— Dix minutes, ça passera vite, tu regarderas pas, hein ?...

Loulou lui serra rageusement la gorge, puis relâcha son étreinte alors qu'elle commençait à suffoquer. Il la prit dans ses bras et couvrit son visage de baisers pour se faire pardonner.

*

— Nous arrivons au dénouement ! assura Danglar, subjugué par le spectacle.

Raoul, cramoisi, s'acharnait de toutes ses forces, pesant tantôt de l'épaule, puis du genou contre la porte dont la serrure commençait à gémir.

— Le train, il s'est arrêté ! constata Lola.

— Allez, Raoul, c'est presque réglé, haleta Seb. Tu vas voir, tu sais, Sophie, j'me la suis pas faite, j'peux bien vous l'dire maintenant... mais la pouffiasse, là, elle va y passer, et tu seras le premier à en profiter ! Appuie, appuie, nom de Dieu, elle peut pas tenir longtemps, c'te putain de serrure !

Raoul banda ses forces dans un ultime effort avant de pousser un cri de douleur.

— Ah le con, le tournevis a pété ! constata Momo. Y saigne, y saigne.

— Les gars ? Les gars ? On va s'arranger, hein ? proposa Loulou, toujours retranché dans les toilettes. C'est con, vous avez raison, vous m'entendez ?

— Bien sûr qu'on t'entend, confirma Seb, décontenancé.

Il croyait toucher enfin au but alors que Raoul se tordait de douleur, la main inondée de sang.

La SNCF prie les voyageurs d'excuser ce nouveau retard, toujours dû aux intempéries. Nous ne sommes pour le moment pas en mesure de vous préciser la durée de ce nouvel arrêt.

Le message délivré par le haut-parleur résonna aux oreilles de Loulou comme une promesse de délivrance inespérée.

— Lola ? chuchota-t-il. Tu me suis, tu me lâches pas, on va y aller !

Loulou tourna sèchement le verrou, tira le battant de la porte vers l'intérieur des toilettes et se précipita au-dehors. Cette fois, ce fut Seb qu'il cueillit en premier, toujours d'un coup de pied, droit dans l'estomac. Sa victime chuta à la renverse, le souffle coupé. Raoul n'était plus de taille à résister. Loulou le savata à la volée, sans s'émouvoir des dégâts qu'il était en train de provoquer. Quant à Momo, qui était tombé à genoux et tendait les bras dans un pitoyable geste de supplication, mieux valait l'épargner. Quelques baffes pour le principe, mais sans plus.

Lola s'avança dans le sas alors que Loulou empoignait Seb pour récupérer ses papiers. Il n'eut pas besoin d'insister. Il les enfourna dans une des poches de son perfecto, saisit sa valise et le sac de Lola

— Allez, viens, on gicle ! annonça-t-il, triomphal.

Le train était toujours à l'arrêt. Il tenta d'ouvrir la porte du wagon, qui résista.

— Tu pourras pas ouvrir, lui dit Lola, c'est commandé depuis la locomotive. Ou alors le contrôleur ?

— T'as raison, admit Loulou, viens, on va le chercher !

Il entraîna sa bien-aimée vers la tête du train. Ils longèrent un wagon, puis deux, puis trois avant de trouver la minuscule cabine réservée au contrôleur, occupé à finir une grille de mots croisés. Loulou le saisit par la cravate et l'extirpa de son repaire.

— Ouvre-nous la porte, connard, et grouille ! ordonna-t-il d'un ton qui ne supportait pas la réplique.

— Je peux pas ! Pas entre deux gares, c'est le règlement ! plaida le type d'une voix chevrotante.

— Raconte pas de conneries, t'as bien une clé, ouvre ou je te fais la peau !

Le malheureux fonctionnaire se laissa traîner jusqu'à la porte voisine et se résigna à l'ouvrir en pensant déjà au rapport qu'il allait devoir rédiger.

La pluie n'avait pas cessé, mais le tonnerre résonnait désormais bien loin. Loulou sauta sur le ballast et récupéra aussitôt Lola, qu'il accueillit dans ses bras.

— Cours, Lola, cours, ordonna-t-il en prenant les devants, grouille, grouille, regarde, y a un village, là-bas ! Y aura bien un hôtel !

Ils s'engagèrent en rase campagne, dans un champ détrempé par la pluie. Lola peinait à suivre son amant.

— Cours ! Bordel ! Plus vite !

— Loulou, je t'aime, tu sais, je t'aime... haleta Lola, le souffle cassé par l'effort.

— Je sais !

*

— Fabuleux, absolument fabuleux, gloussa Danglar. Vous avez perdu votre pari, mon cher Ranoult ! Ah, voilà le train qui repart…

Ils avaient regagné leur voiture de première classe, abandonnant le trio Seb-Raoul-Momo à leurs contusions et à leur amertume. La serveuse de la voiture-bar dormait toujours.

— Vous me devez une jolie somme, Ranoult ! ajouta Danglar en lorgnant ses cuisses dénudées.

— Oui… bon ! Mais ça aurait pu mal tourner !

— Tss… que me chantez-vous là ? Vous avez perdu, soyez beau joueur ! Voyez-vous, ce petit intermède n'était pas prévu au programme du séminaire, mais il était hautement instructif ! Et j'espère qu'à l'avenir vous en tirerez toutes les leçons, en bon directeur des ressources humaines que vous aspirez à devenir. Vous avez péché par excès de logique ! Toutes les apparences jouaient contre ce pauvre type. Mais il a su trouver en lui la force d'affronter l'adversité, il faut toujours parier sur les plus faibles, vous entendez, toujours ! Acculés au plus profond du désespoir, ils sont capables de bien des sursauts…

La folle aventure des Bleus… 9

DRH 37

Composition Nord Compo
Impression Novoprint
à Barcelone, le 2 décembre 2003
Dépôt légal : décembre 2003

ISBN 2-07-042946-6./Imprimé en Espagne

123206